U0080583

閱讀123

國家圖書館出版品預行編目資料

小火龍大鬧恐怖學園／哲也 文；水腦 圖
-- 第一版. -- 臺北市：天下雜誌, 2019.08
128 面； 14.8x21公分. --（閱讀123）
ISBN 978-957-50345-2-8（平裝）
863.59 108009794

閱讀 123 系列 —— 076

小火龍大鬧恐怖學園

作者｜哲也
繪者｜水腦

責任編輯｜陳毓書
特約編輯｜廖之瑋
美術設計｜林家蓁
行銷企劃｜王予農、林思妤

天下雜誌群創辦人｜殷允芃
董事長兼執行長｜何琦瑜
媒體暨產品事業群
總經理｜游玉雪
副總經理｜林彥傑
總編輯｜林欣靜
行銷總監｜林育菁
副總監｜蔡忠琦　版權主任｜何晨瑋、黃微真

出版者｜親子天下股份有限公司
地址｜台北市 104 建國北路一段 96 號 4 樓
電話｜（02）2509-2800　傳真｜（02）2509-2462
網址｜www.parenting.com.tw
讀者服務專線｜（02）2662-0332　週一～週五：09:00~17:30
讀者服務傳真｜（02）2662-6048
客服信箱｜parenting@cw.com.tw
法律顧問｜台英國際商務法律事務所．羅明通律師
製版印刷｜中原造像股份有限公司
總經銷｜大和圖書有限公司　電話：（02）8990-2588

出版日期｜2019 年 8 月第一版第一次印行
2024 年 9 月第一版第二十一次印行
定價｜260 元
書號｜BKKCD138P
ISBN｜978-957-50345-2-8（平裝）

小火龍大鬧恐怖學園

文 哲也　圖 水腦

出場人物大合照！

看完故事，寫上名字！

扇子

一面寫著「斬妖除魔」，一面寫「不要找我」。

頭巾

看到可怕的妖怪時，會變成眼罩，遮住眼睛，假裝沒看到。

裝飯糰的布袋

草鞋

不是普通草鞋，具有「看到敵人就自動逃跑」的神奇功能。

寶劍

雜貨店買的塑膠劍，裡面的劍其實很短。

火龍日報

1
disc
親子天下
美

從前從前，有一位老婆婆，每天都到河邊去洗衣服。鄰居看了很不忍心，勸她說：

老婆婆嘆氣說：

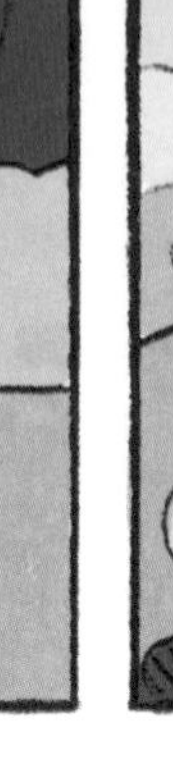

鄰居聽了，就不理她了。

老婆婆不是一個人住，她有一個先生，名叫老先生。老先生每天陪老婆婆去河邊，因為老婆婆洗衣服的時候，必須要有人坐在旁邊聽她唱歌。

我唱得好聽嗎？

老先生不回答，卻說：

要是我們有孩子就好了。

你是希望多一個人聽我唱歌？

從此以後，他們每天祈禱，請神仙賜給他們一個孩子。

有一天，老婆婆和老先生在屋裡，聽到有人敲門。

老婆婆打開門，看到一個白鬍子老人。

咔答，神仙按下頭頂的開關，發出一團光。然後他用有回音效果的聲音說：

聽著，明天早上河裡會飄來一顆大桃子，你要的小孩就在桃子裡。他名叫桃太郎，把他好好養大，然後做幾個飯糰給他，讓他出去斬妖除魔，伸張正義。

老婆婆把正在喝味噌湯的老先生拉過來。

但是第二天，老婆婆覺得衣服還不髒，就沒去河邊洗衣服。
大桃子順流而下，漂了過去，沒有人撿。
可憐的大桃子。
……

一直到今天，大桃子還在到處漂流。
桃太郎
全劇播映完畢

「這是什麼奇怪的電視劇呀？桃太郎根本沒有出場嘛！」火龍媽媽把電視遙控器一丟，從沙發上爬起來。

「我覺得還滿好笑的呀！」爸爸盯著電視說。

「那你繼續看這些差勁的電視節目好了，老先生。」媽媽打開冰箱，冰箱是空的。「唉，真無聊。要是我們有小孩就好了。」

「我們本來就有兩個小孩啊，老婆婆。」

「可是都不在身邊啊。都是你啦，答應小火龍去外婆家那邊的學校上學，住在那麼遠的小島上，也不曉得過得好不好。」

媽媽打開糖果盒，發現糖果也吃光了。

「別擔心，火龍哥哥已經去探望她了，從這邊飛過去，現在應該已經到了吧！」

「可惜我不會飛，不然就可以自己飛去看小火龍了。」

媽媽打開餅乾盒，餅乾也早就被她吃光了。

「你不是不會飛，是飛不起來。」

「不是說好不要再提我發胖這件事了嗎？」

「我沒說到胖這個字呀。」

火龍媽媽鼻孔噴煙，氣呼呼走到山洞深處，打開抽屜，拎出運動鞋。

「去散步嗎？」火龍爸爸問。

「不，去跑步。」

轟隆轟隆！火龍媽媽跑出山洞，沿路留下大大的腳印和倒塌的樹木。

「地震嗎？」附近的農夫停下工作。

「不，是火龍媽媽出來跑步了。」

跑呀跑，跑到一座大湖邊，火龍媽媽喘著氣，在湖面上照鏡子。

「哈，才跑一下子就瘦這麼多！」她滿意的說。

火龍媽媽一開心，肚子就餓了，正在肚子咕嚕叫的時候，湖面漂來了一顆大桃子。

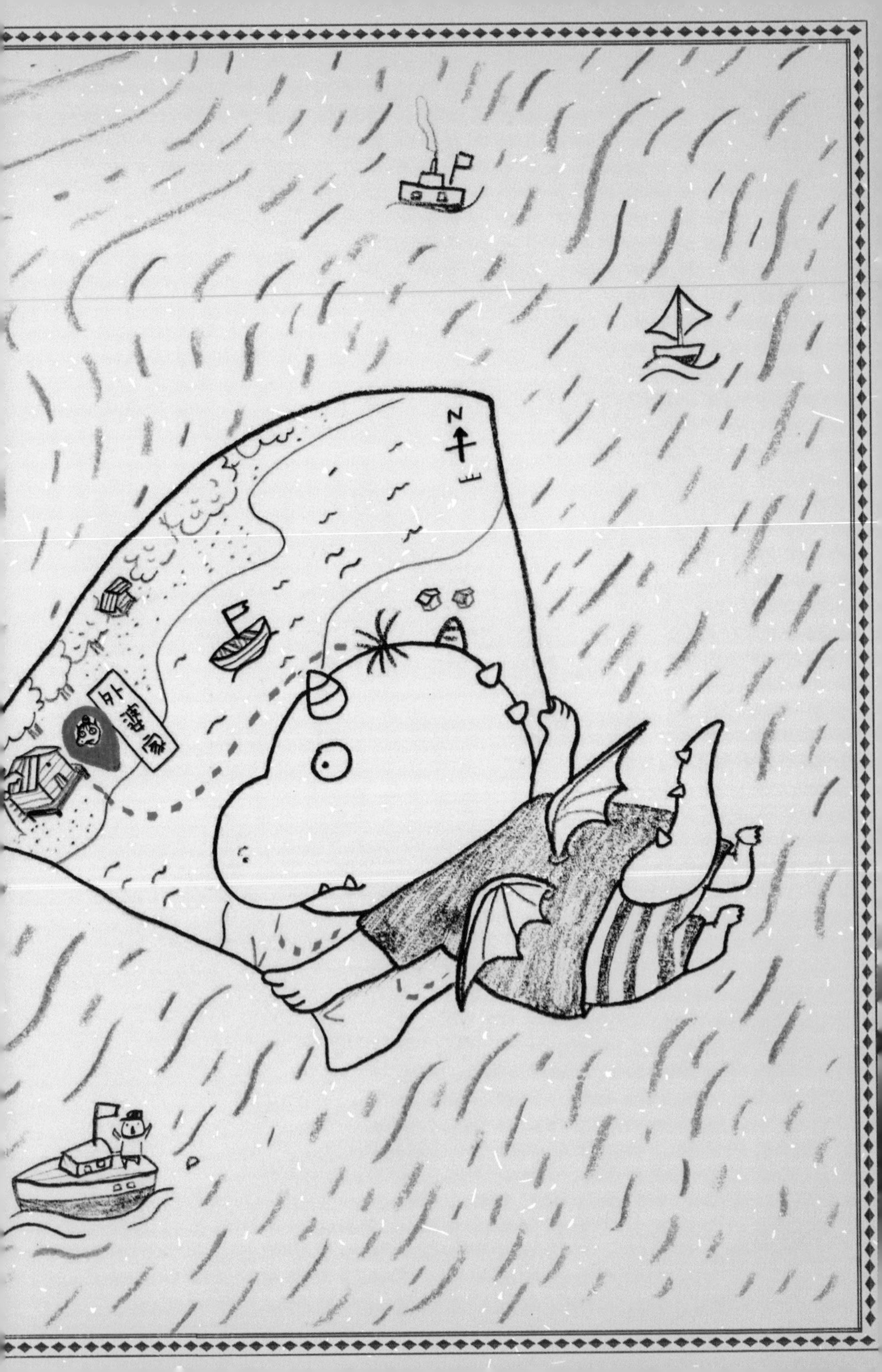
外婆家

2

在遙遠的小島上，火龍哥哥拍著翅膀，降落在外婆家門口。

「外婆！我來看你了！」

火龍哥哥按電鈴，沒有回音，敲敲門，也沒有回應。他趴在窗臺往屋裡看。

屋裡空蕩蕩，一個人也沒有。

「外婆不在家嗎？」

嘎吱，外婆房間的門開了。腳步聲響起，茶杯飄了起來，卻不見有人。

「有鬼！」火龍哥哥睜大眼睛。

接著，沒有人開門，大門自動開了。

「鬼來了！」他拔腿就跑。

「不要跑……」門口傳來哀怨聲。

「你不是來看我的嗎？」是外婆的聲音，她變成鬼了！

「外婆？是你嗎？」火龍哥哥回頭。「你是怎麼死的？」

「你這孩子胡說些什麼，我沒死呀。我只是剛睡醒，沒梳頭，看起來有那麼像鬼嗎？」

「那我為什麼看不見你？」

「哎，這個呀，還不都是那小火龍，今天早上請她去藥房幫我買隱形

眼鏡用的藥水，結果她買了隱形藥水回來，害我隱形三天。」

「原來如此。那茶杯為什麼飄在空中？」

「是我拿了茶杯要泡茶給你喝呀，」隱形的外婆說：「快進來吧，火龍哥哥，你好久沒來看我了。」

火龍哥哥鬆了一口氣，坐在高腳椅上喝熱奶茶壓壓驚。

「小火龍呢？」

「她闖了禍以後怕我罵她，就乖乖自己去上學了。」

「總算去上學了。」

「是呀，希望這次能上學成功。」

外婆看見火龍哥哥眼中的問號，又說：

「你也知道，這孩子不肯讓人送她上學，堅持要自己去，但沒一次成功的。上次讓她自己去上武術學校，結

果學了芭蕾舞回來。」

「為什麼？」

「她跑到學跳舞的舞術學校去了。後來，又送她去禮儀學校，結果學會怎樣一邊游泳一邊吃飼料。」

「咦？」

「她跑到鯉魚學校去了。」外婆搖頭說：「這孩子真不讓人放心。」

火龍哥哥覺得不妙。

「那她這次去的是什麼學校？」

「這次去的學校，叫做『貴族學校』，這麼特別的名字，我想她應該不會再跑錯了吧，就讓她自己去了。」

「有帶地圖嗎？」

「沒有，我們這座島很小，不會迷路，而且隨便問路人，他都會告訴你貴族學校怎麼走。」

火龍哥哥還是覺得很不放心。

「外婆，你的隱形藥水可不可以分我一點？」

外婆說得沒錯，貴族學校很好找，只要不記錯名字的話。

小火龍自己也很有信心，這次不會再走錯了！

她開心的一蹦一跳，邊走邊唱：「學校學校學校不要跑，學校學校我來了……」

沒多久，她就迷路了。

小火龍一點也不擔心，蹲下來，向路邊的烏龜問路。

「請問，學校要怎麼走？」

「什麼學校？」烏龜先生說。

「叫做，嗯，好像叫做貴……貴……」

「龜龜學校嗎？好，跟我來。」

「太好了！」小火龍開心的跟著烏龜走了。

烏龜走得很慢，當夕陽坐在海平線上打呵欠的時候，才走到龜龜學校。

小烏龜們正在上最後一堂課：疊羅漢。

「老師，我要上學！」小火龍舉手喊。

小烏龜們倒了一地。

「不要鬧！你是火龍！」烏龜老師伸長了脖子喊：「烏龜先生，你帶她來這裡做什麼？」

「她說要去龜龜學校的嘛。」烏龜先生回答。

「你確定她說的是龜龜學校嗎？還是鬼鬼學校？」老師問。

「鬼鬼學校？」小火龍的眼睛忽然張得好大。「聽起來好好玩！我要去！」

3

這時候，在大草原上，火龍媽媽推開家門。

「我回來了！」

一個身穿古裝、腳踏草鞋，腰間配著玩具劍的小男孩，跟著火龍媽媽走進來。

「這孩子是誰？」正在切菜的火龍爸爸問。

「我也不曉得，他硬要跟著我

回來。」火龍媽媽聳聳肩。

「我是桃太郎！」小男孩立正宣布。

火龍爸爸差點兒切到手。

「爹！」桃太郎跑去抱住火龍爸爸。

「娘！」桃太郎又跑回來抱火龍媽媽。「我終於有一個家了！」

「等等，」火龍媽媽說：「你不覺得我們體型差太多了嗎？」

「娘，我不在乎你有多胖。」

「我不是說胖這件事！我是說長相！」火龍媽媽鼻孔噴出火花。「你是人類，我是火龍，長相差這麼多，怎麼可能是母子！」

「可是你撿到桃子了！」桃太郎說。

「什麼？」火龍爸爸睜大了眼睛。

「你撿到桃太郎故事裡的桃子？」

「而且你打開桃子，讓我跳了出來！」桃太郎說。

「你又沒帶刀，怎麼切開桃子？」

火龍爸爸問。

「上面有顆按鈕，一按桃子就開了。」

火龍媽媽紅著臉，看著天花板。

「娘，你明明是把桃子整顆吃完以後，才發現我的。」桃太郎說。

「你自己一個人吃完一顆大桃子！」爸爸愈來愈驚訝。「真能吃！」

「噓，不要再說了。」媽媽隨手拿了個東西塞住桃太郎的嘴。「好吧，你想住在這裡就住吧，反正小火龍的房間是空著的。」

「孩兒叩謝爹娘！」桃太郎把電視遙控器吐出來，跪下來說。

「這孩子講話怎麼這麼老氣？」火龍媽媽問火龍爸爸。

「從古代的故事來的嘛。」火龍爸爸端出晚餐，對媽媽說：「你剛剛才吃一顆大桃子，還吃得下晚飯嗎？」

「那當然！」火龍媽媽開心的說。

4
後山
鬼鬼學校
墓園
還是墓園

這時候，在小島上，小火龍還在找學校。

大家都知道，烏龜走路實在很慢。

當帶路的烏龜先生，帶小火龍來到一座陰森森的墓園時，月牙兒已經起床，刷好牙，高掛在天邊了。

「鬼鬼學校到了，孩子，你真的要來這陰森森的地方嗎？」烏龜先生說。

「陰森森是什麼意思？」小火龍問。

「就是讓人不寒而慄的意思。」

「不寒而慄是什麼意思？」

「就是讓人心慌慌的意思。」

「心慌慌是什麼意思？」

「就是覺得很恐怖的意思。」

「恐怖是什麼意思？」

烏龜累了。

「如果連恐怖是什麼意思都不知道的話，你就來對地方了！」

「我終於來對地方了！」

「你很快就知道什麼叫恐怖了！」

烏龜說。

「太好了！」小火龍眼睛興奮得發光。

「那就珍重再見了。」

烏龜先生一步一步的走了。

這時候他才想到，他今天是出門買醬油的。

但是現在雜貨店已經關了。

這個故事告訴我們，以後還是不要向烏龜問路比較好。

小火龍向烏龜揮揮手，推開柵門，走進墓園。

墓園裡黑漆漆的。

「有人在嗎？我是來上學的。」

沒有人回答，只有寒風中傳來嗚……嗚……的聲音。

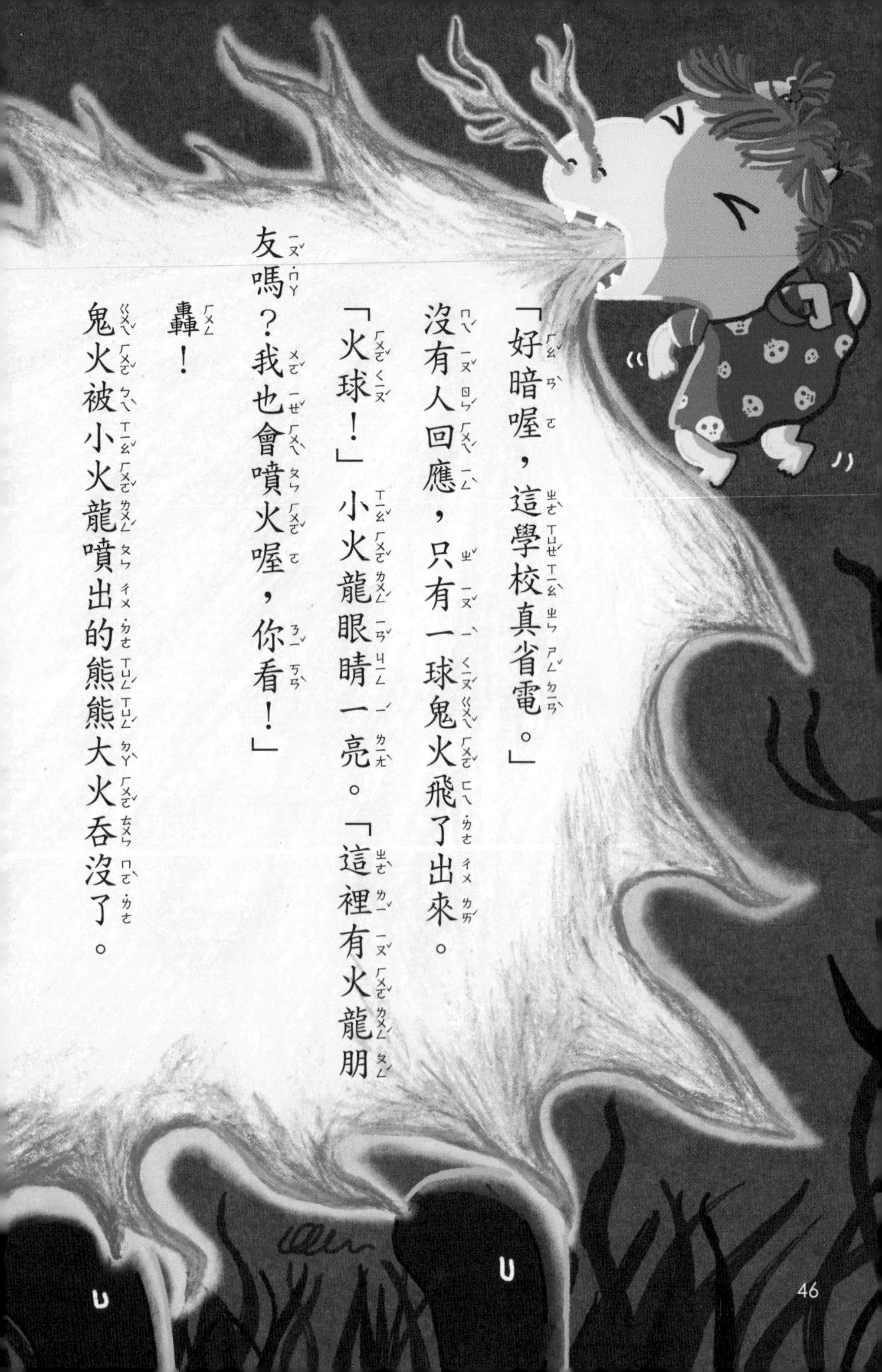

「好暗喔，這學校真省電。」

沒有人回應，只有一球鬼火飛了出來。

「火球！」小火龍眼睛一亮。「這裡有火龍朋友嗎？我也會噴火喔，你看！」

轟！

鬼火被小火龍噴出的熊熊大火吞沒了。

墓碑也都燻黑了。

一個哀怨的聲音傳來：「不要再噴火了……快進屋裡來吧。」

墓園深處有一棟像鬼屋似的房子。

「教室到了！」小火龍開心得跳起來。

5
R.I.P
2019-
BYE BYE

陰森森的墓園裡，黑漆漆的小屋前，小火龍推開木門。

嘎……吱……門板發出可怕的聲音。

屋裡一片漆黑，什麼也看不見，只聽見一個哀怨的聲音說：「血……我要血……」

「你要寫什麼？寫功課嗎？這麼暗怎麼寫啊？」小火龍說：「我幫你開燈。」

小火龍摸著牆壁找開關。

「別……別開……」

啪，一整排日光燈亮了起來，把屋裡照得燈火通明。

恐怖的氣氛全沒了。

「這樣不就可以好好寫功課了嗎？」小火龍笑著往前走。

一具棺材擋住了她的去路。

「哇，好大的鉛筆盒！」小火龍掀開棺材板。

「哎喲。」一個小吸血鬼蒙著眼睛跳出來。「好刺眼！不是叫你別開燈嗎？」

「你好，你怎麼躲在鉛筆盒裡面？」小火龍問。

「這不是鉛筆盒！這是我的床！」小吸血鬼說：「你這個人怎麼嚇不走？你是誰？」

「我是小火龍。」

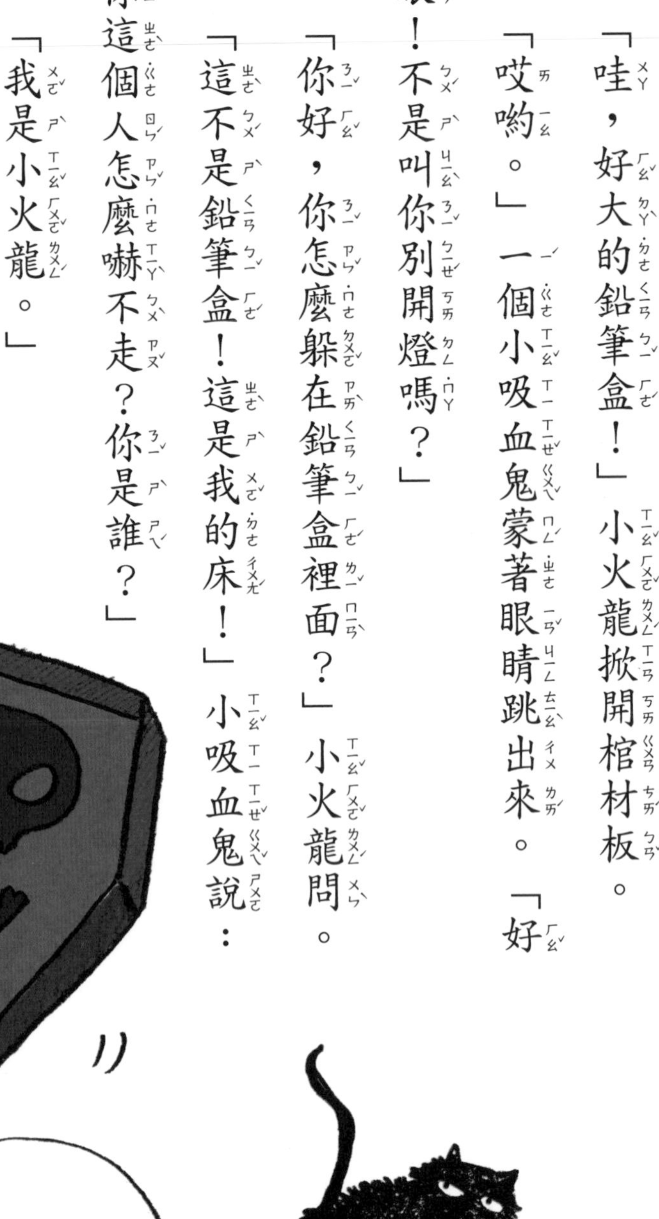

「火龍？我倒是沒有吸過火龍的血，嘿嘿。」小吸血鬼抓起小火龍的手臂一咬，喀。「嗚……」

「對不起，火龍的皮比較硬。」

小火龍幫他把斷掉的牙齒撿起來。

「你怎麼隨便咬人呢？」

「我是吸血鬼嘛。」

「你是鬼？看起來很可愛啊。」

「真的嗎？」柱子後面走出兩個孩子。「那我們呢？也很可愛嗎？」

那兩個孩子，一個沒有頭，一個沒有腳。

「你們也很可愛呀，」小火龍說：「你們好，我是小火龍。」

「我是小妖怪小可。」第一個孩子說。

「我是小幽靈小怕。」第二個說。

「你怎麼沒有頭？」小火龍問小可。

「上次不小心滾下來，不見了。」

「你的腳呢？」小火龍問小怕。

「我不用走路，用飄的。」

「哇，你們都有很厲害的專長，」小火龍說：

「我的專長是噴火，我表演一下……」

「不、不用了！我們剛剛都看過了。」

「那我可以來上學嗎？」

「可是我們都是鬼耶，你不怕嗎？」

「你們一點都不可怕呀。」

「唉，我們真失敗。」小可說。

「對啊，在學校學嚇人這麼久，還是不可怕。」小怕說。

「為什麼要嚇人？」

「這樣人類才不敢來。」小吸血鬼少了一根牙，講話漏風。

「為什麼不讓人類來？」小火龍歪著頭問。

「因為……人類很壞。」小可說。

「校長說，人類很危險，所以他要我們躲起來，裝出很可怕的樣子，把人

嚇跑，這樣才安全。」小吸血鬼說。

「校長呢？」

「出去了，明天才會回來。」小可說。

「校長出門前說：『你們三個好好反省，為什麼自己不夠恐怖！』」小帕說。

「嗚……校長也好恐怖……」三個孩子抱在一起哭了起來。

唉，真是三個膽小鬼。小火龍搖搖頭。

「我跟你們說，人類沒什麼恐怖，校長也沒什麼恐怖，要說恐怖的話，我還比較恐怖呢，哇哈哈！」小火龍插著腰哈哈大笑。

「為什麼？」三個膽小鬼問。

「因為今天早上我外婆才說：『你這孩子，真是太恐怖了。』」

「你做了什麼事？」

「我把外婆變不見了。」

大家瞪大了眼睛。

「那你可以教我們怎樣變恐怖嗎？」

「好哇。」小火龍說：「明天再教吧，今天該睡了，晚安！」

小火龍跳進小棺材裡，沒一會兒，就開始打呼。

「喂，那是我的床耶……」小吸血鬼說。

但是小火龍一睡著，怎麼搖都搖不起來。

「真是太恐怖了……」

6

第二天早上，太陽公公起床，揉著眼睛，從口袋抓了一把金粉，撒下來。

晶晶亮亮……

晶晶亮亮……

「起床嘍！」火龍家裡，桃太郎跳下床，做完早操，向火龍媽媽拱手說：

「娘！孩兒向您請安！」

「起床啦？」廚房裡的火龍媽媽回頭。

「娘，您在做什麼？」

「娘正在給你做飯糰呢！」

桃太郎忽然臉色發白。

「為……為什麼要做飯糰？」

「好讓你帶在路上吃啊，你該出發去斬妖除魔了。」

「呃……我昨天才到，不能多住幾天嗎？」

「可是斬妖除魔、伸張正義，不就是神仙派你來這世上的任務嗎？」

「是沒錯……但是，」桃太郎貼著火龍媽媽小聲說：「娘，我可不可以告訴你一個祕密？」

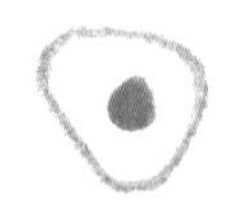

火龍媽媽睜大眼睛看著他。

「其實我很怕鬼。」

桃太郎低下頭。

火龍媽媽噗哧笑了出來。

「難怪昨晚一整夜你都開著燈。」

「我根本不想去斬妖除魔，請不要告訴別人。」

「哈哈，不會的。」

「請不要笑我。」

火龍媽媽忍住笑。「孩兒，我覺得你這樣還比較可愛呢！好吧，你就留下來吧，其實，娘不是在揉飯糰，是在做蛋糕呢，瞧，這是剛烤出來的杯子蛋糕！」

火龍媽媽從烤箱托出一盤香噴噴的蛋糕。

「都是給我的嗎？謝了！」桃太郎把整盤蛋糕一掃而空。

正伸手去拿蛋糕的火龍媽媽，只好把手收回來。

「咳，孩兒啊，」火龍媽媽看著窗外說：「娘覺得你還是離開家比較好，如果你不敢去斬妖除魔的話……」

「請小聲點。」

「那你就去上學好了。」火龍媽媽把新揉好的麵團放進烤箱。

「對了，說實話，你不是我的獨生子。」

正在擦嘴巴的桃太郎驚訝的抬頭。

「你有一個姐姐，名叫小火龍，她剛去遠方的小島上學，娘想把你也送去那所學校和她作伴。」

「那裡不會有妖怪吧？」

「絕對不會的。火龍哥哥昨天打電話告訴我，那可是一所貴族學校呢！」

「我還有哥哥？」桃太郎又吃了一驚。

「對不起，娘是不是生太多了？」

「不會……」桃太郎說：「但是小島那麼遠，我怎麼去？」

「這個嘛，只要能趕快把你送走，不，我是說，只要能趕快讓你上學，一定有辦法的！」火龍媽媽拉著桃太郎走出山洞。「我們這就去找幫手！」

在花園餐廳裡，大家都圍著桃太郎。

「他就是桃太郎呀？」鐵甲騎士說。

「怎麼個子這麼小？」九頭龍說。

「好可愛。」沙拉公主說。

「可以吃嗎？」小暴龍說。

「看起來不像武功很厲害的樣子嘛。」糊塗小魔女說。

「他可厲害的呢，可以把一盤蛋糕在五秒內給收拾了。」

火龍媽媽說：「我想送他去和小火龍作伴，有人能送他去嗎？」

小魔女舉手：「我爸爸的巫師便利商店有傳送門出租喔，很方便的。」

「可是傳送一次很貴吧？」火龍爸爸問。

「我去拜託爸爸送你們一次！」

火龍爸爸正要說「那怎麼好意思」，火龍媽媽馬上接話：「那太好了！」

「不過，要先確定小火龍的位置才行。」小魔女說。

坐在角落的老巫婆，忽然發現大家都轉頭看她。

她慢吞吞喝了一口香草茶，拿出水晶球。

「來吧，看看小火龍現在在哪兒搗蛋！」

7

本來陰森森的「鬼鬼學校」裡，小火龍元氣十足的大喊：

「起床了！上課了！」

三個小鬼揉著眼睛排隊站好。

「你們先告訴我，以前學過什麼？」小火龍說。

「校長教我們，要恐怖的話，就發出嗚嗚的聲音。」小可說。

「然後製造一點鬼火。」小帕說。

「然後學會用哀怨的聲音講話。」小吸血鬼說。

「錯錯錯！」小火龍手插腰。「我現在教你們，要恐怖的話……先把窗簾拉開！」

刷！陽光照了進來。

「然後，把房間打掃乾淨！」

小火龍把蜘蛛網掃乾淨，把地上的青蛙趕出去，把嚇人用的骷髏頭收好擺整齊，在棺材上鋪好美麗的桌布，再擺上花瓶，插上花兒。

小屋裡變得好美麗。

「這樣有沒有很恐怖？」小火龍得意的說。

「我有問題！」小帕舉手。

「好，小帕同學，你問吧！」

「這樣為什麼會恐怖呢？」

「因為，有一次我把房間弄成這樣，我媽就尖叫說：你發燒了嗎？怎麼會整理房間？真是太恐怖了！」小火龍說。

「是嗎？啊……」小可頭一歪，一不小心，脖子上的西瓜滾了下來。

恐怖指數：★
恐怖指數：★★★★★
!!!

小火龍捧來一顆東西。

「剛剛打掃的時候，在一堆東西裡面找到這個，是不是你的？」

「啊，這就是我搞丟的頭！」

小可把頭戴上去，笑了。

「還找到一件褲子。」

「啊，這是我搞丟的，」

小帕把褲子穿起來。「這樣就好像有腳一樣了。」

「還找到一臺果汁機耶。」小火龍說。

「太好了，這樣我就可以打番茄汁來喝，不用再吸血了！」小吸血鬼說。

「哇哈哈，我是不是很恐怖？」小火龍大笑。

「應該說是很厲害才對吧？」小吸血鬼說。

小火龍頭一歪。「我還以為恐怖就是厲害的意思呢！」

這時候，屋外傳來重重的腳步聲。

「啊，真正恐怖的人回來了……」小可說。

碰！門開了。

「校長好！」三個小鬼立正。

校長是一個頭大大、角尖尖、頭髮捲捲的大妖怪。

「你燙頭髮！」小火龍指著他。

「胡說！我這是自然捲。」校長凶巴巴的說：「你是誰？」

「我是新來的轉學生！」

「嗯，很好，我的學生愈來愈多了。可是……這裡怎麼這麼亮？誰開的窗簾？」

大家指著小火龍。

「誰把房間整理得這麼漂亮？」

大家指著小火龍。

「還有，是誰把墓園裡的花草照顧得那麼好？」

「那是我……」小可舉手。「我喜歡園藝。」

「我跟你們說過多少次，要枯掉的花和樹才恐怖啊！」校長生氣得跺腳。「這麼漂亮的房間，這麼漂亮的花園，我才離開幾天，你

們就學壞了，一點都不乖！」

三個膽小鬼哭了起來。

「這樣誰會怕你們？」校長大吼：「以後誰會買票來鬼屋？」

「什麼？」大家愣住了。

「啊不，我是說，以後人類來欺負你們怎麼辦？」校長臉紅了。

「你明明是說……」小可說。

「你要開鬼屋？」小帕說。

「我懂了，你要我們幫你賺錢。」

小吸血鬼說：「難怪你要我們學會嚇人。」

「你是壞人嗎？」小火龍歪頭看著校長。

「可惡，都是你！壞了我的好事！」妖怪校長抬起腳，砰！把小火龍踢出門去。

小火龍滾呀滾，滾到墓園門口。

咻，一道閃閃發亮的魔法傳送門，出現在她面前。一個身穿古裝、腳踏草鞋的小男孩走了出來。

「啊，好燦爛的陽光！好美麗的花園！」桃太郎看著眼前的墓園說。

8

「真不愧是貴族學校，校園真美麗！」

桃太郎站在墓園門口，左看看，右看看。

「你是誰？」小火龍問。

「你就是小火龍吧？我是你的弟弟桃太郎啊，」

桃太郎抱著小火龍。「我們終於相見了！」

桃太郎就把火龍媽媽撿到桃子，一直到後來他堅持要去斬妖除魔，但是媽媽卻要他來上學的經過都說了。

「我有弟弟了？」小火龍跳起來歡呼。

No No

「姐姐，我們可以一起去上學了！」

「可是……」小火龍說：「學校裡有個壞人耶。」

「別怕，我專門伸張正義。」桃太郎拔出他的玩具劍。

「壞人在哪裡？」

「在那裡。」

妖怪校長凶巴巴的朝他們走來。

桃太郎一看，就把劍收起來，

低下頭。

「他是妖怪？」

「對。」

「你怎麼不早說。」

桃太郎轉身想回家，但是

傳送門已經消失了。

妖怪走到小火龍面前。

「你怎麼還在這裡？快滾。」妖怪對小火龍舉起腳，眼看又要踢下去。

不知從哪來的勇氣，桃太郎大吼一聲：

「不准你踢我姐姐！」

一喊完，他馬上後悔，但已經來不及了。

妖怪校長轉過身來。

「你是誰？」

「我是桃太郎。」

妖怪校長笑彎了腰。

「你就是傳說中斬妖除魔的桃太郎？個子未免太小了。」

「我今天吃得比較少……」桃太郎有氣無力的說。

「呵，我看是要被淘汰的淘汰郎吧。」

「我是真的桃太郎……只是我不喜歡打架……」

桃太郎愈說愈小聲。

「那你也滾一邊去吧！」

妖怪校長抬起腳，朝桃太郎屁股一踢……

桃太郎輕飄飄跳起來，閃過這一腳。

「咦？」妖怪大吃一驚。

桃太郎自己也大吃一驚。

「運氣真好，」妖怪校長拿起狼牙棒。「吃我一棒！」咻，桃太郎又輕飄飄一閃，狼牙棒揮了個空。

「你……」妖怪眼裡有個大問號。

「我……」桃太郎眼睛卻亮了起來：「原來我武功這麼

高！一定是我平常太謙虛，所以不知不覺把一身功夫藏了起來。好，來吧！我再也不客氣了！」

桃太郎拔出玩具劍，擺出架式。

「桃太郎大戰妖怪！現在開始！」他大聲宣布。

妖怪撲了過來，桃太郎用盡全力把劍一揮……

咻！

塑膠劍太短了，根本碰不到對方。

應該說，還差很遠。

但妖怪卻像被踢了一腳似的，往後直飛出去，滾了好幾圈。

「這是劍氣！」桃太郎驚奇的

看著手裡的劍。「我真是可怕！」

妖怪爬起來，頭也不回的逃走了。

「耶！」小火龍和趴在窗口的三個孩子，跳起來歡呼。

桃太郎聽到歡呼聲，決定向妖怪追過去。「別逃！」

幸好他身邊有個看不見的人拉住他。「不要得意忘形。」那隱形人說。

小火龍聽到那聲音，跳了起來。「外婆！」

「你這孩子，真讓人擔心。」隱形人說。

「外婆你的隱形藥還沒失效呀？」小火龍說：「剛剛是你暗中幫忙桃太郎的，對不對？」

「你怎麼曉得？」

「天下只有你有這麼高的武功呀。」

「你這丫頭就是嘴甜。」隱形外婆說：「不過只靠我一人，還真抬不動這個小子。」

「對啊，」外婆旁邊響起另一個聲音。「這桃太郎個子雖小，重死了！」

「是哥哥！」小火龍又驚又喜。「哥你怎麼也隱形了？」

「不放心你呀，你知道暗中保護你有多辛苦嗎？」

桃太郎聽到他的家人一下子全出現了，傻傻的笑著，但又嘆了一口氣。

「哈，原來如此。」

9

溫暖的草原上，閃爍著陽光。

火龍家門口，響起了敲門聲。

火龍媽媽開門，是個白鬍子老爺爺。

「請問你有撿到一顆桃子嗎？」老爺爺問。

「有啊。」火龍媽媽說。

「那是我的桃子，可以還給我嗎？」

「已經吃掉了耶，不好意思。」

「什麼！那……裡面的小孩呢？」

「也吃掉啦。」
老爺爺的臉漲得通紅。
桃太郎

「哈哈，開玩笑的，我送他去上學了。」

「上學？他應該要去斬妖除魔的啊！」

「可是我們這裡沒有妖也沒有魔。」

「鬼呢？」

「也沒有。」

「那……有需要伸張正義的地方嗎？」

「沒有耶，一切都很好。」

「這樣啊⋯⋯」

老爺爺突然不曉得要做什麼好，他看看四周。

藍色的天空，白雲輕輕的飄過。

綠油油的草地，陽光在草葉上閃閃發光。

微風吹在身上好舒服。

「那⋯⋯我可以進去喝杯茶嗎？」

「歡迎！請進！」火龍媽媽給老爺爺一個擁抱，請他進來。

他們一起喝茶，看電視，把一盒夾心餅乾吃個精光，一起哈哈大笑，度過了一個快樂的下午。

代替作者的話的後來呢？

桃太郎

後來開始上學，他和小可、小帕他們變成好同學，但一直到下課玩「鬼抓人」時，發現小帕可以穿過牆壁抓到他，才知道他們是鬼。不過這時候他們已經是好朋友了，所以他一點也不怕。

後來為鬼鬼學校編了一首校歌：

好可怕，好可怕！我們是鬼，好可怕！
黑漆漆，烏溜溜，沒有腳，沒有頭，
唉呦喂呀好可怕，好可怕。

沒想到大家都覺得這首歌很可愛，鬼鬼學校後來變成觀光客愛來的景點。

後來常常去火龍媽媽家看電視，吃了很多火龍媽媽的餅乾。為了報答她，神仙答應幫她實現一個願望。但沒有人知道火龍媽媽許了什麼願。

後來瘦了一百公斤，相當於一位皇家騎士（含盔甲）的重量，但沒有人知道她是怎麼辦到的。

後來隱形藥效失效以後，她還不曉得，每天沒穿衣服就出門，以為大家看不到她。

後來獲得諾貝爾兒童文學獎，他不敢相信的說：這該不會是夢吧？他捏捏自己的臉，結果就醒了。

後來撿到一顆大桃子，裡面正是她想要的東西。

後來中了一千萬元大獎，從此過著幸福快樂的生活。

寫在最後之繪者碎碎念

唷呼！恭喜小火龍堂堂邁入第七集！這集的故事好像更好笑了！

當編輯傳稿子來的瞬間，實在讓人興奮異常！

讀完之後，欣喜於一個好故事的誕生！滿腦子開始都是這些可愛的角色。

故事有趣，就會讓人無比振奮、幹勁十足！

跟編輯們討論完粗草圖，就進行最花腦力的構圖。

雖也有卡住的時候但大致進度都可以進行下去。除了……

沒錯，就是不能忘記這隻小麻煩……

這次畫圖的期間剛好請了一段育嬰假，自以為時間變多，但一切都是自己好傻好天真。孩子在家基本上是無法好好工作的吧。（苦笑）

大概因為畫圖看起來是很快樂的事（確實也是，只要沒有時間壓力的話 XD），所以不管是前期畫在紙上或後期電腦上色，我那3歲多的兒子都深感興趣……

啊！又來了！
快存檔!!
馬麻妳在畫畫嗎？
對呀！
我也要畫！
危險生物靠近

我有存好檔吧……？
當然可以呀！
什麼顏色都可以嗎？
趁休息趕緊盯
免得有人亂按亂存…

因為每次問我，答案都是「還沒，但快了」
變得很擔心我畫不完的孩子

因為畫圖的時間佔去了很多與孩子玩耍的時光，偶爾內心不免小小愧疚，但想到是自己這麼喜歡的事情，而且畫好這本書，可以造福更多的孩子，還是覺得能讓這本書誕生在這世上是件美好的事。

當你手上拿到這本書的時候，表示我沒日沒夜的趕圖時光已經告一段落！感謝卡住時幫我想點子的編輯；感謝幫我分攤很多家事的腦公；最感謝期待著火龍的你！我很喜歡這次的故事（其實每本都很喜歡），希望你們也享受著這本書帶來的愉快時光。

真該好好培養為助手

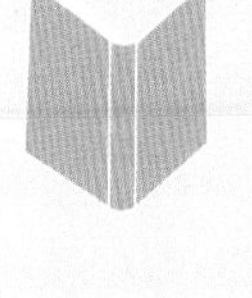

閱讀123